NÃO SE ESQUEÇA

ALEJANDRA ALGORTA+IVÁN RICKENMANN

sobre autora e ilustrador

Alejandra Algorta

Bogotá, 1991. Escritora e editora. Nasceu em uma banheira nas primeiras horas da manhã de uma quarta-feira, antes da chegada do médico. Seu corpo anseia por voltar à água desde então. Obteve a primeira menção no IV prêmio Barco de vapor de SM Colombia por seu livro Pez quiere ir al mar. É fundadora e editora do editorial de poesia, Cardumen.

Iván Rickenmann

Bogotá, 1965. Pintor e professor universitário. Interessa-se, particularmente, por espaços abandonados ou que mostram a passagem do tempo. Não se interessa por fotorrealismo ou hiperralismo. Em seus desenhos, os espaços e as coisas voltam a ser criadas e têm um protagonismo e uma presença que, de certa maneira, lhes dá vida. O grafite, por outro lado, é evocativo. Seus tons quentes e intensos lembram também fotografias antigas, memórias. Anda e observa as coisas. Tira fotografias — físicas e mentais — do que é relevante ou singularmente banal. O desenho resultante é uma combinação de muitas dessas imagens e momentos revividos.

NÃO SE ESQUEÇA

ALEJANDRA ALGORTA+IVÁN RICKENMANN

Tradução por João Guterres

TORDSILHAS

Rio de Janeiro, 2024

ADERO
Sitp

GA RED
SITP

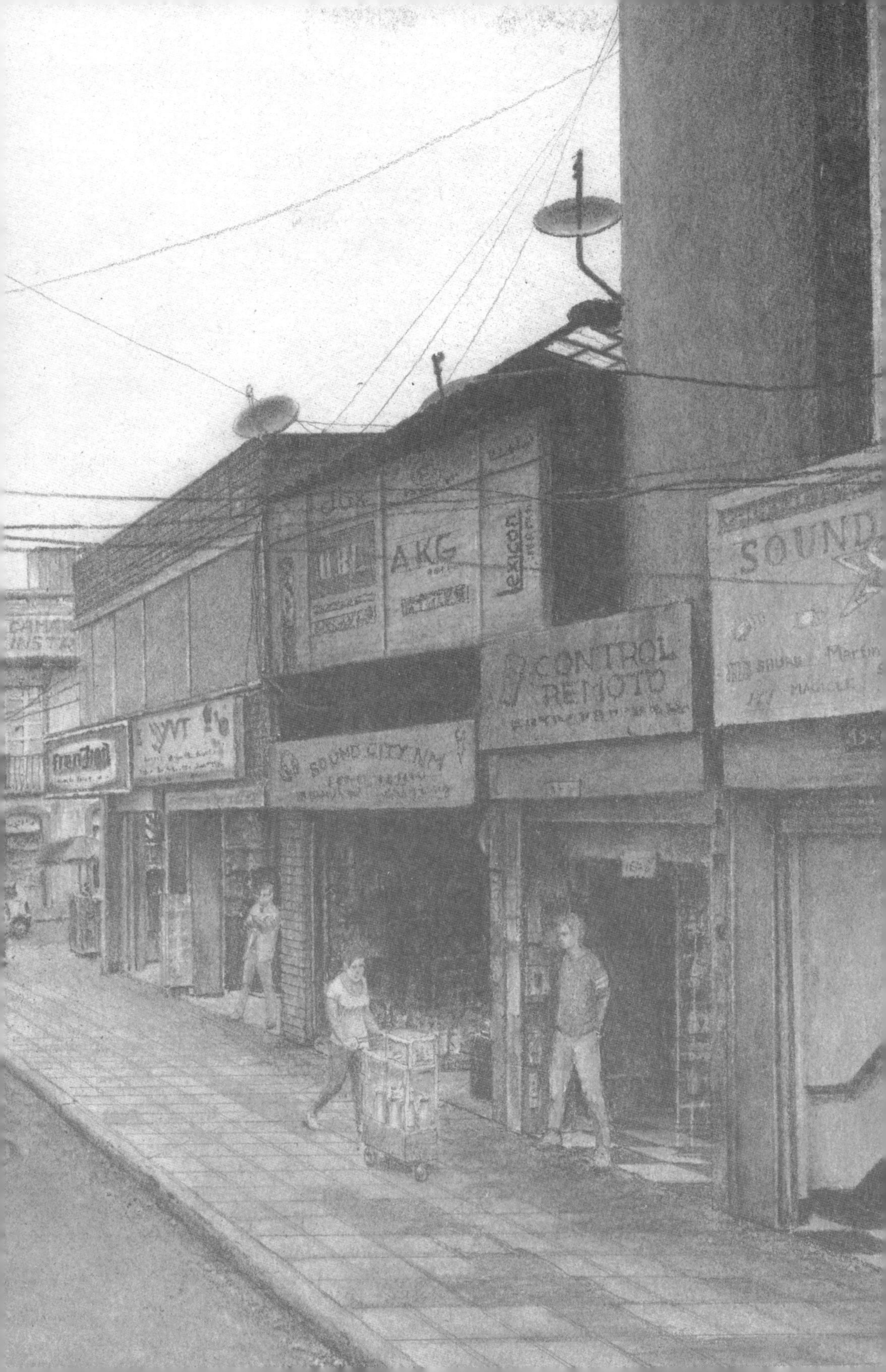
AKG
lexicon
SOUND
CONTROL
REMOTO

O dia em que Fabio se esqueceu,

...e se, ao falar, cometo
os mesmos erros que todos,
digo a mim mesmo: sou daqui,
você não me sujou em vão.
FABIO MORÁBITO

o sol estava inclemente.

Seu corpo parou de fazer o que já havia feito tantas vezes e, agora, seus joelhos apenas raspavam o chão. Seus pais lhe disseram que o corpo não se esquece. Que não se pode perder o que se aprende com a pele, a maneira como se anda, dança, corre.

Está presente no corpo (a distância para que o garfo entre na boca sem bater nos dentes) e aquilo que o corpo sabe, ele o sabe para sempre. Mas Fabio esqueceu como andar de bicicleta e, agora, acha que seus pais mentem para ele.

Não que seja uma pessoa esquecida, Fabio lembra de todos os números de telefone das casas onde sua mãe trabalhou e do preço de cada passagem de ônibus nos últimos 3 anos. Lembra-se, inclusive, de outras coisas que ouve e não entende, como *avelocidadeéigualàdistânciadivididapelotempo* ou *maisfoiperdidonaenchenteenadaerameu*. No entanto, Fabio esqueceu como andar de bicicleta.

Fabio nunca se sentiu diferente, ele não é o mais baixo ou o mais alto de sua classe; nem o mais rechonchudo ou o mais mirrado. Não lhe deram nenhum apelido na vizinhança, nem nunca sentiu falta de nada importante. Ele parece uma criança comum. Tem os olhos da cor de mel e a pele no tom de árvore. Não, sua pele não é da cor de uma árvore; é uma cor amarelada que quer ser marrom, como uma árvore que perdeu a casca. Fabio também perdeu aquele lugarzinho no cérebro onde fica armazenada a memória de quem aprendeu a andar de bicicleta. É uma pedrinha na parte de trás da cabeça, logo acima da nuca. Lá, naquela pedrinha, o corpo guarda aquilo que nunca se esquece. Às vezes, Fabio toca com a ponta dos dedos o lugar onde a pedrinha deveria estar e sente um buraco.

Talvez tenha se esquecido porque aprendeu em uma quarta-feira. As crianças de Bogotá aprendem a andar de bicicleta aos domingos, mas o pai de Fabio não pôde ensiná-lo a andar de bicicleta nesse dia porque trabalha aos domingos. Roberto dirige um ônibus e é muito parecido com Fabio, um pouco mais corpulento, maior e sério. Tem que ser sério para dirigir ônibus em uma cidade como Bogotá, especialmente nestes tempos, quando o movimento é um negócio e ninguém deixa mais ninguém trabalhar. Mas essas coisas são as que Fabio ouve seu pai falar e que, na verdade, não entende muito bem. O que ele entende é que as pessoas precisam se deslocar pela cidade para viver e Roberto, seu pai, garante que elas possam fazê-lo sem maiores problemas. A vantagem de ter um trabalho tão importante como esse é que o pai de Fabio é uma das poucas pessoas que sabem o quão grande Bogotá é e o quanto cresce a cada dia (de 30 centímetros a 10 quarteirões). A desvantagem é que Roberto só pôde ensinar seu filho a andar de bicicleta em uma quarta-feira, o único dia da semana, o único dia da semana em que o que se aprende, se esquece.

Ou talvez tenha se esquecido porque a bicicleta era cor de salmão. A mãe de Fabio, que se chama Ana e tem as mãos mais macias de toda a cidade, fez um acordo com o quitandeiro do bairro e trocou a bicicleta usada da filha dele por 8 sacos de *roscones*. A bicicleta sempre foi da cor de salmão, com fitas de cores vivas e um guidão brilhante. A mãe de Fabio cortou as fitas do guidão naquela quarta terrível, quando Roberto, seu marido, lhe disse:

— Fabio não vai à escola hoje. Vou ensiná-lo a andar nesta bicicleta.

Ou, talvez, ele se esqueceu porque nunca andou com rodinhas. Parecia, tanto a Roberto quanto a Ana, que era bobagem ensinar Fabio a andar de bicicleta com rodinhas para, depois, ter que ensinar a andar sem elas. Além disso, para Roberto, que seu filho começasse a andar de bicicleta sem rodinhas compensava o fato de a bicicleta ser cor de salmão. Fabio não entende a vergonha que seu pai tem com relação à cor de salmão. E isso não se deve a que a memória do peixe (salmão, pargo e anchova) dura apenas 10 segundos, o mesmo tempo que Fabio levou para esquecer.

Roberto sente vergonha porque, para ele, a cor de salmão é para menininhas e o azul, para os menininhos. Seu mundo se divide entre meninos e meninas e as coisas a que cada um pertence: salmões para as meninas, tubarões para os meninos, céu para os meninos, terra para as meninas, calças para os meninos, saias para as meninas, sopa para as meninas, sólido para os meninos. De qualquer forma, desde o dia em que aprendeu a andar, a bicicleta deixou de pertencer aos meninos e meninas do mundo, passou a ser de Fabio e nunca deixou de ser cor de salmão.

— Vá vestir-se, Fabio. Se você vai andar em bicicleta de menina, vai fazê-lo como um menino — disse seu pai naquela quarta na qual, contra todos os prognósticos, Fabio aprendeu a andar de bicicleta.

— Pronto?

— Pronto.

Com a mão esquerda, Roberto segura o guidão e, com a direita, o selim da bicicleta. Nem começaram a se mexer e Fabio já sente que é impossível manter a bicicleta em pé sem o apoio de seu pai.

— Enquanto estiver pedalando, não cairá. Pedale com calma e segure firme.

Roberto começa a correr com suas pernas de elefante, não pode ser tão fácil, é uma farsa, uma grande piada cósmica. Fabio inspira e expira rapidamente, pensa *eu confio* e escolhe confiar em seu pai, pensando *eu consigo* e consegue. Afinal, o trabalho de seu pai é fazer com que as pessoas se locomovam. Se seu pai transporta gente de um lado a outro da cidade com segurança, certamente fará com que ele se desloque para o outro lado do quarteirão.

— Papai, não me solte. — Os joelhos de Fabio tremem de medo.

— Se eu não soltar, você não aprende — responde o pai.

— Não me solte.

— Não vou.

— Não vai soltar?

— Mesmo que eu solte, não vou soltar.

Fabio pedala, a bicicleta ganha velocidade e a rua vai ficando cada vez mais curta. Os vizinhos saem de suas casas na esperança de ver Fabio cair. Roberto solta a bicicleta. Fabio não entende.

— Pedale! — grita seu pai.

— Pedale, Fabio! — gritam os vizinhos, divertidos.

O guidão treme, a roda dianteira se movimenta como se quisesse voar livremente, sem as amarras de metal. Fabio pedala e joga todo o peso no guidão. É um tubo de metal apoiado sobre outro tubo preso a duas rodas. Como é possível que uma máquina tão fina suporte todo o seu peso e se mova dessa maneira?

A rua chega ao fim. Fabio já não ouve nada e sabe que deve virar à esquerda. Para de pedalar e a bicicleta ainda desliza sobre o concreto. Ele aperta o guidão e o vira levemente para a esquerda. É isso, outra rua em frente, a cidade novamente. Torna a pedalar e cresce, Fabio cresce com a sua bicicleta e não consegue mais crescer e, ao mesmo tempo, ser tão leve. Seu bairro é mínimo e ele é enorme:

o grande Fabio que, com a sua bicicleta salmão, consegue sobrevoar a cidade.

Desde esse dia Fabio já não era o Fabio, pele cor de árvore, apenas mais um. Agora era o Fabio da bicicleta, o Fabio veloz, o Fabio já vai?, o Fabio já foi. E, assim como as pessoas que seu pai transportava de um lado a outro da cidade, agora Fabio também precisava deslocar-se para viver.

E assim, vivendo, Fabio e sua bicicleta passaram a se conhecer como só duas partes do mesmo corpo conseguem. Fabio sabia a distância exata entre a sua mão e o manete do freio, a bicicleta sabia quando Fabio ia girar (porque tensionava os joelhos para dentro). Os dois sabiam qual velocidade era segura para Fabio soltar o guidão. A bicicleta tornava-se uma onda em que Fabio surfava de braços levantados, sentindo o vento. Ela sabia que a fraqueza de Fabio estava na parte de trás de seus joelhos e ele sabia que a bicicleta tinha 2 parafusos salientes na roda traseira, mas eles se amavam assim mesmo. A bicicleta era única: desde que Fabio conseguiu manter o equilíbrio e controlar o ar, andar pela cidade que se abria diante dele, a bicicleta se tornou sua. Mesmo que fosse cor de salmão e que sua mãe tivesse cortado aquelas fitas roxas do guidão, naquela manhã de quarta-feira que já estava muito distante.

Fabio cresceu montado em sua bicicleta, suas pernas cresceram, magras, porém fortes; também cresceram os seus olhos, que agora podiam enxergar mais; os ouvidos ficaram mais aguçados; as mãos, cheias de calos, agora tinham a firmeza de um carvalho. Mas, assim como as pernas, também cresceram seus medos. Fabio sabia que havia momentos em que devia pedalar com força para escapar do perigo, dos becos escuros e vazios. Ele nunca foi um garoto covarde, mas sempre sentia no corpo quando era hora de fugir, o que em cidades como Bogotá, às vezes, é justo e necessário (de fato, é justo e necessário).

O bairro em que vivia era sempre muito empoeirado. Sua mãe dizia ser assim porque estava em construção. E como para construir tem que destruir, a poeira era a lembrança das coisas que havia antes e que, agora, esperavam transformar-se em coisas novas. Nascida de todos os planos fracassados, Bogotá era um monstro de poeira sempre faminto.

Ana conta que o bairro de Fabio era um povoado na periferia da cidade, mas o monstro foi crescendo e engoliu esse e outros povoados que acabaram fazendo parte dele. As ruas inclinavam-se na encosta de uma colina e, o que antes era largo e iluminado, foi se tornando cada vez mais estreito e escuro.

Mas isso não era culpa do monstro, e sim das pessoas que tinham filhos, que por sua vez tinham mais filhos; das pessoas para as quais uma família não era suficiente e precisavam de duas ou três. Era culpa dos trabalhadores que, para serem melhores, precisavam trabalhar e expandir suas casas.

Eles chamam isso de bater laje, e Fabio imagina todos os seus vizinhos com seus braços e pernas batendo no telhado da casa para deixá-lo macio e pronto para o crescimento. Onde havia um rio agora tem uma rua rachada, e os vizinhos trazem panelas e garrafas cheias de água para ver e celebrar o nascimento do novo andar. Crescem a casa, o bairro e a cidade. Agora ninguém se pergunta quem é esse monstro chamado Bogotá, nem quem é o culpado por tamanho crescimento.

Tanta laje bateram no bairro de Fabio que as plantas quase não encontram luz para crescer, o que faz com que a poeira apareça mais e o frio seja mais intenso. Por sorte há o parque, onde a grama cresce livre porque quase não há sombra. O parque costumava ser um cercado abandonado e, quando a cidade começou a crescer, tornou-se a única parte do bairro onde a vegetação crescia selvagem, então decidiram deixá-lo como estava e passaram a chamá-lo de parque.

Quase todo o bairro de Fabio está inclinado, sobe e desce com a curvatura da colina em que se encontra. Se alguém descer essa colina, chegará ao antigo cemitério, um terreno enorme que agora serve como estacionamento para os ônibus de Bogotá. São estacionados ali quando não estão circulando pela cidade.

Para Fabio, estranhamente, o bairro pelo qual passava em sua bicicleta era muito mais brilhante, quente, fugaz, suave. Mais pássaro do que gaiola. Indo em sua bicicleta, a poeira dançava com ele, erguendo-se violentamente no ar para não mais lhe encontrar. Nada podia lhe alcançar; até as esquinas mais sujas e escuras de Bogotá levantavam-se como ondas de poeira ao vê-lo passar. Fabio sabia escapar, seu lar estava sempre a um pedal de distância.

Assim que Fabio parou de andar (e deixou de fazê-lo porque seu único meio de locomoção era sua bicicleta), outros meninos e meninas como ele começaram a segui-lo. Atraídos pelos rumores dos vizinhos que falavam dele, meio criança meio bicicleta, capaz de pedalar dormindo e de controlar as rodas com a própria mente, o bando de crianças-ciclistas encontrou seu líder. Eles diziam: *Fabio não tem casa, sua bicicleta é suficiente.* Diziam: *Fabio é feito de borracha, nenhuma queda pode quebrá-lo.* Diziam: *Fabio é filho de Hecate, a deusa das rodas.* Diziam que os pés *de Fabio, nunca, nunca mesmo, tocaram o chão.*

Em segredo, Fabio também tinha medo do bando de crianças que o seguia incansavelmente. De Pablo, de Carmen, de Alex, de Guadalupe e de Fran que, sem nenhuma preocupação, percorriam as ruas em disparada e eram capazes de fazer todos os tipos de provas, sem medo de nada. Suas bicicletas podiam ser qualquer animal, um dos cavalos de Gengis Khan, um tigre-de-bengala, o último dinossauro que sobreviveu à extinção. Fabio sempre foi o mais rápido e, embora isso fizesse com que o seguissem, também significava que, com um pouco de esforço, poderia deixar o bando para trás.

E assim, como se o pedalar da bicicleta também acelerasse os dias, 3 anos inteiros se passaram. Três anos em que, para corroborar os rumores da vizinhança, os pés de Fabio mal tocaram o chão.

Com a certeza de poder fugir, Fabio era invencível, mesmo que haja havido poucas ocasiões em que ele realmente fugiu. Mas, por via das dúvidas, Fabio ia e voltava da escola de bicicleta e distribuía o pão que sua mãe fazia para os vizinhos.

Ana dizia que não era padeira, mas poderia ter sido se quisesse. Fazia um pão quase tão macio quanto as suas mãos. Fabio sempre pensou que sua mãe era padeira, mesmo que ela negasse. O que faz um padeiro ser um? Ele não achava possível que Ana passasse a vida inteira fazendo pão sem que pudessem chamá-la de padeira, mas ela não gostava desses rótulos.

Antes de fazer pão, Ana passara anos limpando e cozinhando nas casas das pessoas que não sabiam nem limpar nem cozinhar. A última casa em que trabalhou pertencia a uma senhora muito elegante que costumava ficar com lágrimas nos olhos quando comia pão com abacate. Ana não se incomodava com o fato de a senhora chorar ao comer o pão, mas sim que ela baixasse o volume do rádio e lhe pedisse para não cantar. *Trabalho é trabalho, senhora, na minha cozinha não se dança, não se faz nada.* Depois, Ana foi demitida, e começou a fazer pão para a vizinhança e limpar sua própria casa, com o volume do rádio bem alto e dançando o tempo todo.

Sua música favorita é a *bachata* de um homem chamado Romeo que toca no rádio. Às vezes, ela diz que se apaixonou por Roberto, pai de Fabio, porque quando jovem se parecia com Romeo. Fabio conheceu a história de Romeu e Julieta na escola e está feliz pelo fato de sua mãe não ter ficado com Romeo e, hoje, ser sua mãe. A história de Romeu e Julieta não termina bem.

Foi levando pedidos de pão que Fabio conheceu Alicia ou, como todos a chamavam: Mamalicia. Tudo que ele sabia da vizinha era que comia muito pão e tinha nome de vilã, de mãe de vilã. Mas, por quê? Fabio não sabia. Ela vivia sozinha e não parecia ter nenhum filho.

— Cuidou de todos como se fôssemos seus filhos, Fabio — explicou Ana um dia.

— Mas por que a chamam de Malicia? Ela é má?

— Claro que não, Fabio. Alicia é melhor que o pão; é uma mãe.

— Se é uma tão mãe assim, por que seus próprios filhos não a chamam de mamãe?

— Porque ela não tem filhos que lhe chamem de mamãe. Por isso nós a chamamos assim.

— Mas você é a minha mãe. Eu não posso ter duas.

— Claro que pode. De onde você tirou que não?

Quase todas as discussões com Ana terminam em perguntas que Fabio não consegue responder. É desse jeito que os pais de Fabio discutem, com perguntas. Às vezes passam noites inteiras berrando perguntas e ninguém responde. Depois acabam adormecendo, cansados de tantas dúvidas. Às vezes, no entanto, Ana não tem vontade de perguntar coisas a noite inteira, ainda mais sabendo que não obterá nenhuma resposta, então desiste e dá a razão a Roberto. Não tem nada nesse mundo que entristeça mais Roberto, mas Ana não sabe disso. A razão é uma coroa invisível que dão às pessoas solitárias, que não têm amigos. E Roberto já é um homem solitário demais para que a mulher de sua vida o cale com a coroa invisível da razão. Roberto preferiria muito mais viver fazendo perguntas do que ter, por um único segundo, a razão. Mas ele nunca contou isso a Ana e, como nunca o disse, ela não sabe.

Naquela época, Fabio não achava tão terrível ter razão, algo que as crianças de 10 anos gostam de ter. Quando Fabio se esquecer de como andar de bicicleta, ele desprezará todos os momentos em que Ana estava certa, mesmo que sejam poucos. Como daquela vez em que Fabio acreditou que tinha o poder de fazer o tempo passar mais rápido e ela lhe disse:

— Fabio, não há nada mais verdadeiro que isso.

Quando Fabio esquecer, não vai mais querer estar certo; vai procurar a verdade e sentir que até mesmo sua mãe está mentindo para ele.

Mas Fabio não acreditava nisso quando conheceu Alicia, porque ainda não havia esquecido de nada. O problema em levar o pão para Alicia era que Fabio não podia fazê-lo de bicicleta, mas sim andando, porque ela morava na casa bem ao lado. Isso o deixava de mau humor, porque tirava toda a emoção do seu trabalho. Não permitia que ele se sentisse habilidoso por levar a sacola de pão com uma mão e segurar o guidão com a outra, nem jogar a sacola no ar e espalhar o cheiro de pão recém-assado por sua mãe por toda a vizinhança.

A entrega do pão era sempre igual. Fabio batia à porta ao lado, Alicia aparecia ainda com a corrente da porta armada. Seus olhos eram duas bolas de gude escondidas no mar de rugas em seu rosto. Seu cabelo era cinza como uma cortina empoeirada.

Fabio tinha certeza de que os pais de Alicia a fizeram com pele de sobra. Seu corpo era pequeno, mas a sua pele, ao esticar-se, podia cobrir países inteiros. Seus pais devem tê-la feito assim e depois decidiram dobrá-la em milhões de pequenas dobras, para que Alicia pudesse mover-se facilmente pelo mundo.

— Ah, filho! — dizia, ao ver Fabio — É você.

— Não sou seu filho, Malicia — respondia Fabio, com medo de que o confundissem.

— Verdade, Fabio, você tem razão — respondia Alicia, enquanto abria a porta para receber o pão a que tinha direito.

●

No dia que Fabio se esqueceu, havia um sol inclemente. Acordou como em qualquer outro domingo para engraxar a corrente de sua bicicleta antes de ir entregar o pão aos vizinhos.

— Preciso que vá até Mamalicia primeiro — disse sua mãe — ela não me chamou esta semana e quero ver se precisa de alguma coisa.

— Mas minha bicicleta já está pronta! — reclamou Fabio, indignado.

— Não importa, vá a pé e não se esqueça do pão.

Não tem nada que pareça mais idiota para ele do que andar com sua bicicleta ao lado. Antes de sair, Fabio lhe deseja toda a sorte de coisas terríveis: tomara que esteja toda desenrugada, que tenha se enroscado na própria pele e tenha caído, que seus olhos de bola de gude estejam rolando pelo chão. É que de cara não cai bem que o líder do bando de crianças-bicicleta seja visto encostando no chão. Andar é sujo, principalmente quando não é necessário. Caminhar faz com que Fabio se sinta como um pombo da cidade, lá fora bicando a sujeira quando poderia estar voando entre os telhados. Por isso, decide ir à casa de Alicia de bicicleta. É ridículo, ele sabe, mas é ainda mais idiota levá-la junto e não a usar.

Fabio tem a sacola de pão pendurada num braço, um pé no chão e outro no pedal. Vai percorrer cerca de 3 lajotas para chegar à casa de Alicia, entregar o pão e perguntar como está. Ela responderá, mas Fabio não prestará atenção, pois estará pensando em voltar a montar sua bicicleta e é isso que fará assim que ela terminar de falar e o deixar voltar para sua rua. Para a rua de Fabio, do bairro de Fabio, em um pequeno canto da Bogotá de Fabio, no mundo que é de

Fabio enquanto ele o percorre. É isso que vai acontecer, é isso que deveria ter acontecido.

Ele empurra o chão com o pé esquerdo e sobe no pedal, empurra com determinação, mas perde o equilíbrio, perde o controle do guidão, perde também a sacola de pão que sai voando, tornando-se futura comida para os pombos que lhe parecem tão idiotas. Fabio cai.

Fabio já caiu antes, centenas de vezes desde o dia em que aprendeu a andar de bicicleta. Mas, desta vez, ele se sente diferente; algo está fora do lugar. Ele para ao lado da bicicleta e olha com atenção, observa com cuidado a corrente, os cabos de freio, tudo parece estar certo. Então, decide montar outra vez.

Ele poderia voltar para casa e pegar mais pão, tocar a campainha da casa de Alicia para ver se ela estava bem, ir entregar pão aos outros vizinhos. Mas esse não era o plano, nunca foi. O plano é a bicicleta. E o mais importante agora é voltar a montá-la. O mais importante é que Fabio caiu e isso nunca deve ser a última coisa que alguém faz.

Um pé no pedal, outro no chão, empurrar, mexer-se, pedalar, manter o equilíbrio. Parece fácil, mas Fabio não consegue e cai de novo. Pensa em sua mãe e cai, ouve o som dos ônibus e cai, sente o cheiro de poeira da cidade e cai, olha o pão já no chão e cai, na porta fechada de Alicia, cai, em frente à sua casa cai, cai, cai. O pedal raspa o concreto. Os cotovelos de Fabio sangram. Ele foi capaz de proteger--se com as mãos, com os joelhos e com os braços, tentando certificar-se de que, se variasse a queda, o resultado seria diferente, que o asfalto o devolveria magicamente à bicicleta que, de repente, não queria obedecê-lo. O solo de Bogotá arranhou sua pele até sangrar. Bogotá de poeira, Bogotá em construção, filha do caos, visão de ninguém.

Como é possível que não consiga montar? Fabio vai até o parque com a bicicleta nas mãos, ainda segurando a, agora vazia, sacola de pão. Encontra Alex e lhe pede que ande em sua bicicleta, por favor.

Alex aceita de pronto, pega o guidão e, com maestria, lança-se sobre o selim, dá uma volta no parque e retorna. Fabio pega a bicicleta, com ressentimento. Agora, aproxima--se de uma menina sentada no balanço. Ela não é do bando, pois tem o rosto quase todo coberto por um enorme pedaço de pano, apesar do sol.

— Ei, garota, você pode andar na minha bicicleta?

Ela o olha com curiosidade. Sob o tecido, ele pode ver uma pele tão clara que parece emitir sua própria luz. Dois olhos grandes e redondos de cor caramelo que rapidamente perdem o interesse nele e, agora, estão fixos na bicicleta. Ela não responde. Seus olhos começam a brilhar mais que a sua pele e tornam-se 2 poços de água fresca. Fabio não sabe se ela pode ouvi-lo. Ele está arranhado, cansado e sua paciência está esgotando-se.

— Quero saber se você pode andar na minha bicicleta.

A garota olha para ele novamente, os 2 poços sempre prestes a transbordar, represas de caramelo contidas apenas pelo ar. Sem pensar duas vezes, pula no selim e a bicicleta começa a mexer-se pelo simples impulso do seu peso. Fabio nunca viu ninguém montar sua bicicleta assim. Ou melhor, ele já viu seu reflexo nas poças. Ela apoia todo o peso no guidão e levanta-se do selim, como que escalando os pedais. Faz uma curva tão seca que parece que a bicicleta estivesse, por uma fração de segundo, deitada no chão; ela se inclina para a frente, encostando no guidão e vai mais rápido que os carros. Dá uma, duas, três voltas no parque antes de voltar a Fabio, que está tendo o dia mais estranho de sua vida.

— Onde, onde você aprendeu a... — Fabio começa a falar, antes do parque vibrar com o tom barítono do quitandeiro.

— MARINAAAAAAAAAA!

— Eu gostava das fitas no guidão — diz Marina, antes de colocar o pedaço de pano sobre o rosto e sair correndo, ante o grito furioso de seu pai. Sua voz surpreendeu, Fabio não esperava que a menina falasse, talvez que desaparecesse no ar, mas nunca que falasse alguma coisa.

Fabio pega a bicicleta e, pela primeira vez em muito tempo, fica imóvel. Talvez a bicicleta nunca tenha sido sua. Talvez nada seja seu, depois de tudo. Pablo está de pé ao lado de seu líder e, aos poucos, Carmen, Alex, Guadalupe, Fran e o resto da turma chegam para ver Fabio, pela primeira vez nítido, imóvel, derrotado. O bando não se rende e, um a um, cada criança do bairro oferece sua bicicleta a ele, para que a experimente. Desconfiados, obrigados, alguns querendo que sua bicicleta trouxesse ao líder sua magia de volta, outros querendo vê-lo cair. A de Alex é a última bicicleta a experimentar e Fabio decide, coberto por uma crosta cada vez mais espessa de sangue, suor e lama, que a próxima vez que cair será a última.

Como uma peregrinação de fiéis, todos sobem a rampa mais inclinada do bairro e seguram a bicicleta verde de Alex para que Fabio suba no selim.

— Pronto. No três, me soltem — Fabio pede a seus amigos.

Um,

dois,

três.

Com os pés parados nos pedais, Fabio roda; com as mãos firmes no guidão, Fabio se movimenta. O vento contra a sua face limpa a poeira, as lágrimas e o barro.

— Pedale! — grita Alex.

— Pedale, Fabio! — grita a turma, animada.

Fabio põe-se a pedalar, mas os pedais são mais rápidos que ele, a bicicleta não o reconhece e golpeia suas panturrilhas em recusa. Os vizinhos saem de suas casas, na ânsia de ver Fabio cair. Onde está seu pai, quando ele precisa se locomover? Fabio não entende. A bicicleta treme, a roda dianteira se mexe como se quisesse voar livremente, sem as amarras de metal. Fabio apoia todo o seu peso no guidão. É um tubo de ferro apoiado em outro, preso por uma corrente a duas rodas. Como é possível ter feito isso durante anos e esquecer-se assim?

Velocidadeéigualàdistânciadivididapelotempo, pensa Fabio, sem saber o que significa. A roda dianteira fica presa em uma rachadura logo antes do final da ladeira, em frente ao antigo cemitério. Rua de paralelepípedos de Bogotá, rua quebrada de Bogotá, cidade de ninguém, armadilha mortal. Fabio voa, paira no ar por 10 segundos. E ali, onde termina a memória dos peixes também termina o ar e começa o chão, sobre o qual agora Fabio jaz, machucado, derrotado.

Seus amigos o levantam pelos ombros, sacodem a poeira, limpam seu rosto e, juntos, o levam para casa. Tudo bem, Fabio, dizem, está tudo certo, irmão. É melhor não continuar tentando.

Talvez existam coisas mais importantes do que andar de bicicleta, mas Fabio não sabe o quê. O que pode ser mais importante do que se locomover?

Da porta, Fabio consegue ouvir sua mãe cantar. *Mi abuelo vio el Titanic que se hundió en el maaar, y Romeo no es de hierro ni un inmortaaal*[1]. Com as mãos na inútil bicicleta cor de salmão, Fabio entra na cozinha.

— Fabio! O que houve? — diz Ana, ao ver seu filho coberto de sangue e poeira.

Mas Fabio já não consegue se mexer. E, como não consegue se mexer, também não consegue falar. Uma nuvem de poeira instala-se em sua garganta e fossiliza o resto do seu corpo.

— Fabio, diga-me o que houve. — Ana começa a limpar, uma a uma, as feridas de Fabio com o pano de prato.

— Esqueci de como andar de bicicleta, mamãe.

— Deixe de ser bobo, Fabio, isso não se esquece.

●

1 [N. do T.] Meu avô viu o Titanic que afundou no maaar e Romeu não é de ferro, nem imortaaal.

Agora Fabio não sabe o que fazer com o tempo, passa o dia inteiro limpando a bicicleta que já não usa, olhando-a, sentando nela sem montá-la. Ele tem pavor de sair para entregar o pão de sua mãe. A cidade é hostil e agressiva, muito rápida para quem anda tão devagar, muito extensa para quem anda sem rodas.

Já não existe o Fabio veloz, o Fabio você já vai?, o Fabio já foi. No seu lugar há uma criança que passa o dia olhando para as próprias pernas, o fêmur, a tíbia, a fossa poplítea, procurando um erro para corrigir. A tristeza de Fabio é muito difícil de entender, são poucas as pessoas no mundo que se esquecem de como andar de bicicleta.

Fabio não entende por que seus pais mentiram para ele. Mas quando Roberto sai para trabalhar e o vê sentado na bicicleta salmão (outrora fonte de todo poder) como se fosse uma cadeira desajeitada, seu rosto torna-se um misto de confusão e pena, então Fabio decide não reclamar com ele. E vai embora, seu pai vai embora como sempre fez, para levar os bogotanos de um lado a outro da capital, porque alguém precisa fazer isso.

Agora, a poeira da cidade virou um muro de contenção, que mantém Fabio dentro de casa. É a memória do que ele foi e deixou de ser. As crianças do bando foram buscá-lo algumas vezes, mas Fabio recusa-se a ser visto andando.

Bogotá já não é a sua cidade e sua bicicleta deixou de ser sua, ou talvez nunca tenha sido. Fabio quer perguntar à sua mãe sobre a menina do parque, mas cada vez que se aproxima para fazê-lo, seu corpo o impede. Talvez não queira saber. Fabio está triste e Ana, que não sabe bem o que fazer com a tristeza de seu filho, decide entregar o pão ela mesma, enquanto ele fica na casa de Mamalicia.

— Ah, filho! — diz Alicia ao ver Fabio. — É você.

— Não sou seu filho, Malicia — diz Fabio, cansado de corrigi-la.

— É verdade, Fabio, você tem razão — ela responde, enquanto abre a porta para que Fabio entre em sua casa estreita que, como a dele, cheira a pão.

A casa de Alicia está tão cheia de coisas que parece um antiquário. Fabio, que sabe contar muito bem, consegue contar 10 ventiladores a partir da porta. Há um sem-número de chapéus de palha por toda a casa e, na parede, uma coleção de leques — deve ter um de cada cor que existe, imagina, impressionado. No centro da sala tem uma mesa com um boneco de plástico em cima, parece um brinquedo, é um homem de barba branca, vestido de vermelho, ele segura um livro com uma cruz na mão esquerda e o polegar tocando o dedo médio da mão direita. A figura plástica do homem barbudo é cercada de fiapos, Fabio pensaria que são pedaços de sua barba que caem, não fosse pelo fato de que a barba é tão sólida e brilhante quanto o resto de seu corpo. Acima de cada móvel está pendurado um tecido muito fino, feito de pequenos furos. A casa de Alicia parece um circo transparente, dividido em tendas.

— São mosquiteiros — diz ela a Fabio — tenho muitos.

— E para que servem?

— Para que os bichos não te piquem.

Fabio nunca pensou antes que poderia precisar de um mosquiteiro, talvez porque na sua Bogotá não se veem muitos bichos. Alguns mosquitos pequenos e de pernas longas que nunca fizeram mal a ninguém. Mas não bichos.

— Não trouxe a sua bicicleta? — pergunta Alicia a Fabio, enquanto, com suas mãos enrugadas, começa a retirar um a um os fiapos do mosquiteiro mais próximo.

— Esqueci — responde Fabio, com vergonha, enquanto observa os pés da senhora. Ela usa um par de chinelos sem meias. *"Deve estar com muito frio"*, pensa Fabio.

— Por quê? Onde a deixou?

— Esqueci como andar de bicicleta.

— Palavras, Fabio, apenas palavras, isso nunca se esquece — diz Alicia, agora juntando todos os fiapos coletados para formar um grande tufo.

— É mentira que uma pessoa nunca se esquece. Alguém esquece sim, eu esqueci.

Alicia para e olha para Fabio em silêncio.

— Mais um — diz ela, colocando a esfera perfeita de fiapos ao lado da figura do santo barbudo com todos os outros da mesma espécie. Alicia diz isso tão baixinho que Fabio acha que ela pode ter dito isso apenas em sua mente.

— Já mentiram para a senhora?

— Mentem tanto para mim, Fabio, que as minhas verdades eu as conto nos dedos da mão esquerda.

— Quais são?

— Não posso dizer, são minhas.

— Por favor.

— Vou te contar uma porque acho que você já sabe — Alicia se aproxima dele, levanta o polegar e o coloca bem entre os olhos do menino —: o mundo mente.

— Quem mentiu para a senhora?

— Alberto, meu marido. Ele mentia para mim o tempo todo.

Fabio não entende, é difícil acreditar que Alicia tenha sido casada. Isso é o que acontece com as pessoas que vivem sozinhas. Parece que sempre estiveram sozinhas, como se fossem assim.

— E onde está o seu marido?

— Não está, morreu. Mas me deixou essa verdade, a verdade do polegar, tão gordo quanto ele. Veja, se você continuar olhando para a verdade do polegar, poderá ver o perfil de um tolo barrigudo.

Fabio não perguntou mais nada. Sua mãe vai buscá-lo duas horas depois, período em que ele só ficou sentado sob o mosquiteiro do sofá, observando os pedaços de poeira passarem de um móvel a outro, futuros fiapos que ficarão em volta da figura de plástico de Santo Atanásio, o único brinquedo que a anciã tem em sua casa. Se ele não consegue locomover-se pela cidade, ao menos consegue ver como as coisas se movem. Alicia se move bastante, embora lentamente, tremendo de frio o tempo todo e mudando as coisas de lugar, como se estivesse redecorando.

Naquela noite, Fabio perguntou à sua mãe pelo marido de Alicia.

— Faz muito tempo que ela está só, Fabio. Dizem que seu marido a deixou.

— Deixou?

— Sim, foi viver na costa, perto do mar.

— Ela me disse outra coisa — gritou Fabio, e correu para esconder-se debaixo da cama, com medo das respostas confusas de sua mãe. Desde que esqueceu como andar de bicicleta, seu melhor esconderijo é debaixo da cama. Já que

Fabio não pode fugir das coisas pedalando, decidiu esconder-se delas. Embaixo da cama, ele se esconde das mentiras do mundo. Embaixo da cama, o mundo é tão, mas tão pequeno que ninguém consegue mentir.

— Saia daí, Fabio! Não vê que aí tem monstros? — diz seu pai, ao chegar do trabalho.

Fabio tem medo, não vê nenhum monstro ali, mas está muito escuro e consegue ter certeza. Quem disse que tudo que vive embaixo das camas é monstruoso? Certamente foi o mesmo farsante que inventou a mentira da memória do corpo, que disse a todos que não se esquece como andar de bicicleta. Depois de pensar um pouco, Fabio resolve que sim, tem monstros embaixo da sua cama.

Tem um ali que se chama Fabio e se esconde do mundo.

•

Ana tem duas irmãs que trabalham fora de Bogotá. Elas vivem em Fusagasugá, um vilarejo cujo nome Fabio tem muita dificuldade em pronunciar, e trabalham como cozinheiras em uma casa muito grande, próxima ao vilarejo. Perto de Fusagasugá há casas muito grandes, com pessoas que comem muito. Fabio pensa que aqueles que vivem nessas casas têm almas de gigantes presas a corpos muito pequenos, que seus tetos são altíssimos, suas camas são enormes, seus portões parecem portas de garagem, admiram-se em espelhos que ocupam paredes inteiras e tomam banho em piscinas em vez de banheiras ou chuveiros. E é por isso que precisam de duas mulheres para cozinhar enormes quantidades de comida, comida para gigantes. Neste fim de semana, os gigantes decidiram fazer uma grande festa para seus outros amigos gigantes, para a qual as duas irmãs de Ana, com suas duas mãos cada, não são suficientes. Por isso, Ana decide passar o fim de semana inteiro ajudando as irmãs e, como ela tem medo de que Fabio passe o fim de semana inteiro embaixo da cama enquanto Roberto olha para ele confuso e com pena, ela decide levá-lo também.

Ana faz pão para um batalhão e deixa comida e bilhetes para o pai de Fabio por toda a casa. Vão ficar só duas noites fora, mas Roberto come muito mais quando se sente sozinho. Ele é muito inteligente, grande e forte, com um trabalho muito importante, mas sem Ana, o pai de Fabio não funciona. Fabio acredita que a sua mãe é a responsável por Roberto não se esquecer de nada, nem de dirigir, nem de se mover.

Fabio e Ana viajam em um ônibus chamado *flota*, que é como aquele que o pai de Fabio dirige, mas percorre distâncias maiores e contorna as montanhas. São conhecidos como *flotas* porque, quando aceleram pelas estradas estreitas ao redor das montanhas, parecem flutuar para não cair. Fabio e Ana atravessam, rodeiam, atravessam e flutuam por mais de cinco montanhas para chegar ao lar dos gigantes. Ao longo do caminho, Fabio vê enormes colinas que parecem cemitérios de gigantes e se pergunta se, quando morrem, os corpos dos gigantes que sua mãe vai alimentar se expandem até adquirir o tamanho real formando montanhas. Ao chegar, Fabio se sente um pouco melhor, o ar é mais leve e não lembra o vento sujo que refrescava suas bochechas em Bogotá, quando podia andar de bicicleta.

Em frente à enorme casa onde suas tias trabalham tem uma piscina que parece ser muito funda e os azulejos escuros fazem com que pareça uma lagoa. Fabio já nadou em outras piscinas antes; ele gosta de brincar de prender a respiração e olhar para fora de dentro da água, como se fosse um peixe. Fabio é bom nadador, quase tanto quanto ciclista. Não, ele já não é mais um ciclista, esqueceu-se. Será que também se esqueceu de como nadar?

— Não, Fabio, isso não se esquece — diz sua mãe.

— Palavras, só palavras — sussurra Fabio, pensando em Malicia.

Então, por medo de ter esquecido como nadar, ele não entra na piscina. Nadar não é como andar de bicicleta, não se pode tentar infinitas vezes. Se tentar brincar de prender a respiração, talvez se afogue e fique para sempre no fundo da piscina. É uma piscina escura, ninguém o veria ali embaixo e, com o tempo, acabariam se esquecendo dele. Então Fabio não nada; senta-se na borda da piscina com os pés na água e pensando em sua bicicleta.

O dono da casa dos gigantes é um homem chamado Darío, embora Fabio não saiba se ele existe ou não porque nunca o viu. Dizem que vive no quarto gigante do último andar da casa gigante. Se Darío existe, deve estar transformando-se num gigante de verdade, pensa Fabio, por isso se esconde, porque dentro do seu pequeno corpo está crescendo um homem enorme. Fabio, que já não acredita em quase nada, decide ver para crer.

Ele sobe as escadas uma a uma, como quem perdeu a lista de coisas a fazer e agora só precisa subir escadas. Primeiro uma, depois a outra. Diante dele está a porta do gigante, de madeira grossa, que antes era cor de árvore, mas perdeu a casca e agora é apenas uma porta. Está entreaberta, então ele decide entrar.

Estantes de livros cobrem as paredes, do chão ao teto, que é muito mais alto do que qualquer um que Fabio já tenha visto. Darío deve ser um homem muito alto para alcançar os livros na estante superior. Os livros, por outro lado, ficam com a lombada encostada na parede e mostram apenas o corte das páginas, e as paredes parecem a moldura de montes de papéis empilhados verticalmente.

— E você, quem é? — Uma pequena cabeça de homem surge atrás de uma montanha de papéis. Não era o que Fabio esperava de um gigante.

— Sou Fabio.

— Olá, Fabio, venha, venha, não sei quem você é, mas venha. Veja isto.

Fabio dá a volta na mesa e, por trás do esconderijo de papéis, Darío, magro e pequeno, traça linhas sobre papel muito grande, um mapa gigante. Em cima da escrivaninha, escondida entre os papéis, uma televisão mostra um monte de homens com trajes coloridos, andando de bicicleta. Fabio sente o peito arder, passa as pontas dos dedos na nuca, sente um vazio.

— Etapa 8, Fabio, 6 de julho de 1985, de Sarrebourg a Estrasburgo, tinha muita névoa, era névoa demais.

Darío marca um ponto no mapa gigante, onde há figuras irregulares, verdes e azuis, uma linha vermelha que parece abrir caminho no meio do verde e muitos nomes pequenos, pequenos demais para um gigante.

— Preste atenção, Fabio, lá vai Bernard, o de amarelo — Darío pausa a imagem da televisão com o controle remoto. As bicicletas param no meio da neblina enquanto ele marca um ponto no mapa —, é aqui que está Bernard. Agora olhe.

A imagem volta a movimentar-se, Darío olha para Fabio, esperando que chegue sozinho à conclusão que ele tem em sua cabeça. Fabio não fala nada, o ar quente queimando seus pulmões, sua cabeça muito longe dali.

— E então, consegue ver?

— Não... o que tenho que ver?

— Nada, Fabio, nada, porque já não está lá. Já não está lá! Bernard desapareceu! FOI ENGOLIDO PELA NEBLINA! Agora veja. — Darío aperta outro botão e as imagens na televisão andam mais rápido. O personagem da camisa amarela volta a aparecer e os ciclistas recuperam sua velocidade normal. Bernard Hinault ganha a quinta etapa.

— Ganhou, Fabio, ganhou! Apareceu em meio à neblina! Claro, como há neblina, ninguém duvida, ninguém percebe que ele está indo embora, acham que ele deve estar lá. Não o vemos, mas ele está lá. NÃO É POSSÍVEL, FABIO, É FISICAMENTE IMPOSSÍVEL.

Darío pega outro mapa de sua montanha de papéis, este completamente verde, à exceção de uma linha vermelha que marca a rota da quinta etapa do Tour de France. Em seguida, Darío marca outro ponto no mapa, a linha de chegada.

— Aproxime-se, Fabio, é aqui que Bernard desaparece, está vendo? — Darío acaricia o mapa com os dedos. Se não falasse seu nome em cada frase, Fabio juraria que já não estava falando com ele — e aqui ele volta a aparecer, justo antes da chegada. Aproxime-se, Fabio, consegue ver os 2 pontos? No meio do verde, consegue ver?

Uma sombra, Fabio vê uma sombra no meio do verde, um verde mais escuro que poderia não ser nada, se não unisse perfeitamente os 2 pontos que Darío marcou. Um caminho. Fabio percorre a sombra verde com os dedos com o mesmo cuidado com que busca a pedrinha que perdeu na nuca, como que procurando.

— É mais curto, Fabio, um atalho. Bernard estava trapaceando. Ele conhecia a cartografia, o malandro! BERNARD ESTAVA TRAPACEANDO, FABIO!

Darío abre uma gaveta, abarrotada de papéis como toda a escrivaninha e tira um caderno verde, folheia algumas páginas e anota: *6 de julho de 1985, etapa oito, Bernard o Texugo, desvio.*

— Mais um. E você, Fabio, quem é?

— Sou filho da Ana.

— Ah, Ana, a dos pães. Confundi você com o jardineiro. Muito bom, muito bom. Pode ir, Fabio, obrigado pela ajuda, espere, espere, pode levar o mapa... para que se lembre de que qualquer canalha é um canalha melhor se souber cartografia. Feche a porta. Obrigado.

Fabio está fora da porta do gigante. Nas mãos, um papel enorme, o primeiro mapa com a trapaça de Bernard circulada em vermelho. Abre o mapa e olha as figuras irregulares em verde e azul: a terra e o mar. Passa as pontas dos dedos ao longo da rota original do Tour de France, leva os dedos à nuca e sente um vazio.

●

De volta a Bogotá, Ana está muito séria. A viagem não serviu para alegrar Fabio, que agora parece mais confuso do que nunca. Tão logo cruzam a porta de casa, Ana logo vai fazer pão, porque é o melhor que faz e isso sempre melhora seu humor. Fabio imagina por um momento o que aconteceria se Ana esquecesse como funciona o forno.

Sua mãe começa a dividir o pão que fez e Fabio, mais uma vez, deve ir para a casa de Alicia. Desta vez, ele sente que é importante ir lá, pois quer mostrar o mapa que Darío lhe deu e contar sobre as trapaças dos ciclistas, que Darío anota todas as trapaças em um caderninho negro, que os gigantes existem e são pequenos.

— Ah, filho! — exclama Alicia ao ver Fabio — É você.

— Não sou seu filho, Malicia — responde Fabio aborrecido.

— É verdade, Fabio, tem razão.

Ele deixa o pão de Alicia no armário da cozinha e vai se sentar entre um dos mosquiteiros na sala de estar.

— Como foi a viagem, Fabio? — pergunta a idosa, movendo uma poltrona de um lado para o outro na sala.

— Normal.

— Você vai ter que me explicar isso, porque não sei o que significa.

— O quê?

— Normal.

— Malicia, há quanto tempo a senhora não sai? — interrompe Fabio, tomando as rédeas da conversa.

— Por que sairia, se lá fora tudo está igual...

— Como a senhora pode saber?

— Pelo barulho, não importa em que lugar de Bogotá estiver, se fechar os olhos e ficar quieto, pode ouvir. Sempre a mesma coisa, a respiração do monstro.

Os dois ficam em silêncio, tentando encontrar o ruído em seus ouvidos.

— Filho.

— Eu não sou...

— Fabio — corrige Alicia, com paciência —, posso fazer uma pergunta? — Ele a olha com curiosidade, pois é muito raro que uma pessoa tão velha, de fato, queira lhe perguntar alguma coisa. Endireita as suas costas e assente com a cabeça, dando importância a si mesmo — Qual é a sensação de esquecer?

Uma onda percorre o corpo de Fabio de cima a baixo.

— É... — ele vacila — como se uma parte de seu corpo não funcionasse. Como se os pés não servissem mais.

Como se eu tivesse que aprender a viver sem mim, Fabio pensa.

— Vamos fazer um experimento? Traga a sua bicicleta.

Será possível? Será que Alicia poderia fazê-lo lembrar? Fabio corre para a porta ao lado, pega a sua bicicleta, leva-a até Alicia e entra com dificuldade na casa estreita. Ela pegou todos os ventiladores de sua casa, 10, como a idade de Fabio, e os colocou como um batalhão de vento em frente a duas pilhas de livros.

— Coloque-a entre os livros, para que não caia.

— O quê? — responde Fabio, confuso.

— Faça isso e monte.

— Mas a senhora não vai me fazer lembrar?

— A andar? Não, isso é impossível. Tentaremos fazer com que você não sinta que esqueceu.

— Qual é a diferença?

— Que você não vai lembrar, mas deixará de sentir que esqueceu. Esquecerá que se esqueceu.

Fabio sobe no selim de sua bicicleta salmão, brilhante, limpa e triste pela falta de uso. Fecha os olhos e apoia os pés nos pedais. O vento que sai dos ventiladores lhe acerta em cheio no rosto, um ruído insuportável.

— Agora imagine a rua. Você está indo pela cidade com a sacola de pão na mão. Eu te vejo. Você vê, Fabio? Você está indo com a sua bicicleta pelo bairro, rodeando o parque.

Fabio começa a imaginar. Imagina sua bicicleta suja e cheia de poeira de novo, imagina o parque, uma figura pequena andando na bicicleta com maestria, de pé nos pedais sem se apoiar no selim, levantando os braços. Mas não é ele, não é Fabio quem está andando. É a menina do parque, Marina, a filha do quitandeiro. É ela quem não cai.

— Não funciona — diz Fabio, descendo da bicicleta.

— Bem, a brisa também não afasta o frio de mim, mas valeu a pena tentar.

— Por que não se agasalha?

— Hein?

— Se sente frio, por que não se agasalha?

— Porque prometeram que iam me levar para viver nas terras quentes, no litoral.

— Mas estamos em Bogotá.

— Eu sei, Fabio, isso se chama orgulho, amargura, ingenuidade, hábito, mas Alberto disse que ia me levar para viver de frente para o mar, onde nunca faz frio. Eu acreditei tanto que agora até o meu corpo acha difícil parar de esperar que ele cumpra o que prometeu. Cada vez que fazia frio, Alberto comprava um ventilador. Porque quando nos mudássemos, íamos sentir tanto, mas tanto calor, Fabio, que não valia a pena pensar no frio que estava fazendo, mas no calor que ia fazer.

— E por que não foram?

— Porque era tudo mentira, filho, o mar não existe. Todos os dias, Alberto trazia um leque novo, um chapéu de abas largas, um par de óculos escuros. Fazia possíveis rotas nos mapas, falava do mar que tinha visto quando era criança. Palavras, Fabio, só palavras. O mar nunca existiu.

— Ele se foi sem a senhora?

— Não tinha para onde ir, Fabio. Lembra de quando seus pais diziam que ninguém podia esquecer o que você esqueceu? Mentiram da mesma forma para mim. Alberto me enganou, o mar não existe.

Fabio tira do bolso o enorme papel que Darío lhe deu, dobrado em 8 partes iguais, ainda com as linhas do Tour de France marcadas, a trapaça de Bernard.

— Veja aqui, tem mais azul que verde, mais água que terra. Como isso pode não ser verdade se é maior do que a gente?

— Quando o azul-marinho de um mapa me molhar o dedo que aponto para ele, aí eu vou acreditar, filho. Antes disso, não.

Fabio não conhece o mar, só o viu em fotos e na televisão. Olhando agora o mapa de Darío, percebe que esse não é o mar, que ele o viu, mas não é esse. Talvez Malicia esteja certa e o mundo esteja cheio de mentiras bobas que fazem com que senhoras idosas vivam sentindo frio; cheio de gente que acredita que os gigantes são ameaçadores e não homens pequenos e frágeis que se dedicam a descobrir as trapaças do mundo; cheio de palavras falsas como, *velocidadeéigualàdistânciadivididapelotempo*, *maisseperdeunaenchenteenadaerameu* ou *écomoandardebicicletanuncaseesquece.*

●

Roberto não gosta que Fabio passe tanto tempo com Alicia. Ele gosta que passe menos tempo escondido debaixo de sua cama, mas agora fica o tempo todo com ela, falando sobre os possíveis enganos do mundo: a eletricidade, os dinossauros, os tomates, os telefones sem fio, o mar. Assim, para não passarem tanto tempo juntos, Roberto decide levar Fabio para o trabalho, o ônibus. Não têm sido dias fáceis para os motoristas de Bogotá, Fabio sabe. Não é a primeira vez que ele acompanha seu pai, mas faz muito tempo desde a última vez que o fez. A cidade está mudando, ou pelo menos a forma como as pessoas se movimentam nela.

Durante muito tempo, talvez por toda a vida do pai de Fabio, Bogotá teve a tranquila e angustiante aparência do caos controlado. Os ônibus, estruturas de metal sustentadas por quatro rodas, moviam-se livres como entes selvagens. O ônibus parava onde quisesse, levava quem quisesse, na velocidade e ao som da música que o motorista quisesse. A única ordem vinha de uma placa de madeira que indicava aos cidadãos por onde o ônibus passava. Qualquer pessoa que quisesse chegar ao bairro Roma pegava o ônibus que dizia:

E chegava a Roma, ninguém sabia muito bem como, mas chegava. Os ônibus sabiam como ordenar o monstro de poeira, movendo-se sob as regras do caos, mas o importante era que se moviam, só isso. Assim era a Bogotá de sempre, a de toda a vida, aquela em que os fins justificavam qualquer meio.

Mas ocorreu a alguém dar ordem ao caos, ou talvez outro caos à ordem que já existia: traçar novas rotas, pintar os ônibus de outras cores, obrigar os motoristas a usarem uniformes, esmagar todas as máquinas com uma só pisada para construí-las novamente, fazer pontos para os motoristas saberem onde parar e os passageiros saberem onde seriam apanhados, proibir música, e — pior de tudo — proibir Fabio.

Neste *novo sistema de transporte*, Roberto não podia levar Fabio no banco do copiloto. E, embora não precisasse da ajuda de Fabio, que costumava ajudá-lo a receber o dinheiro dos passageiros e a calcular o troco, para Roberto levar seu filho ao trabalho era mais que isso. Portanto, até o último momento, Roberto lutará para não usar uniforme, para não pintar seu ônibus de azul, para não colocar a máquina que recebe o valor da passagem com um cartão e responde "Obrigado" com um sotaque estranho. Os verdadeiros ônibus, os de antigamente, estão em vias de extinção e, no ônibus branco de Roberto, que talvez também já tenha sido da cor salmão, agora tem um triste letreiro azul que indica o seu destino: Provisional.

É assim que Roberto vive, provisionalmente, e Fabio sabe, também provisionalmente, que para que seu pai converse enquanto dirige, tem que cuidar do dinheiro que os passageiros lhe dão provisionalmente, antes que o mundo mude por completo. É por isso que Fabio é tão bom em contar, porque ele vive preparado para o dia em que seu pai o levará para o trabalho. Na noite anterior ao grande dia, Fabio anota todas as operações matemáticas que terá que fazer e o preço da passagem do ônibus, que é de 1.800 pesos. Primeiro, ele repete várias vezes na cabeça *mil e oitocentos, mil e oitocentos, mil e oitocentos.* Depois, faz cálculos. Se lhe dão uma nota de 5 mil pesos, (a que tem o rosto de um poeta e um poema escrito em letras muito pequenas), sabe que deve olhar para o seu joelho, no qual escreveu: *cinco mil menos mil e oitocentos dá três mil e duzentos.* Se lhe dão uma nota de 10 mil pesos, a que tem o rosto de uma senhora, sabe que tem que olhar para o joelho que tem escrito: *dez mil menos mil e oitocentos dá oito mil e duzentos.* Se lhe dão uma nota de 50 mil pesos, (a que sempre tem alguém de bigode): *cinquenta mil menos mil e oitocentos dá quarenta e oito mil e duzentos.* Além disso, Fabio tem que se concentrar nos rostos, que mudam muitas vezes, porque em Bogotá, além dos ônibus provisionais, também tem as notas provisionais. As antigas, as que chegarão ao fim.

Fabio tenta calcular todas as subtrações possíveis que teria que fazer identificando os rostos de todos os escritores milionários nas notas, para poder receber e devolver o dinheiro com rapidez, para que seu pai não se preocupe e, assim, possa conversar com ele sobre os lugares por onde passam, sobre as pessoas que sobem no ônibus, sobre Bogotá.

O ônibus parte do antigo cemitério, antes do amanhecer. É um veículo velho e retangular, como uma caixa de sapatos de metal. Ele se movimenta com dificuldade, treme como se estivesse montado com dobraduras, como se fosse um origami de ônibus feito de alumínio. Fabio senta-se ao lado de seu pai e abre a janela para que o ar frio e limpo da manhã gele suas bochechas e o acorde.

As pessoas começam a subir e o ônibus começa a mover-se. Às vezes, move-se bem lentamente, porque Bogotá é uma cidade cheia de gente que quer se deslocar e se enche de aparelhos para isso. Entre eles, o ônibus de Roberto; entre eles, a bicicleta de Fabio.

O ônibus chacoalha alto, as janelas fazem barulho e as cadeiras vibram. Cada vez que Roberto freia (e o ônibus freia com ele) toda a máquina de metal chacoalha como se fosse uma extensão do seu corpo. Roberto diz que dirigir um ônibus é como fazer música, ou assim ele diz desde que seu rádio foi roubado e não pode tocar a *bachata* que Ana gosta. Às vezes, as pessoas também se queixam, uns sim e outros não. Todos são diferentes, cada um mais estranho que o outro e Fabio adora ver gente assim. Bogotá é 1.800 vezes maior do que ele acreditava, 1.800 vezes mais estranha.

Sobem, pela porta da frente ou de trás, com fones de ouvido, sacos, bolsas, galinhas. Vão e voltam de seus trabalhos;

estão cansados, alegres, choram, cantam, tentam não tocar um no outro, apoiam-se uns nos outros. Fabio olha para eles emocionado, Bogotá tem pessoas muito diferentes, que vivem em bairros diferentes do de Fabio, com ruas maiores e menos inclinadas que seu pai percorre com o ônibus enorme que, certamente, o faz sentir-se imenso também.

Uma mulher tenta chegar à porta dos fundos, abrindo caminho entre os corpos enquanto carrega na cabeça uma cesta de plástico cheia de frutas amarelas. É uma fruta que Fabio nunca viu, agressiva e pré-histórica, como ovos de dinossauro, que talvez possam ter existido, afinal. Alicia diria que a pré-história não existe porque o que veio antes da história não pode ser contado.

— Paaareee, caminhoneeeeeeeeeeiroooooo! — grita a mulher para o pai dele, depois de ter chegado ao fundo do ônibus e tocado insistentemente para que ele a deixasse exatamente 5 quarteirões atrás. Fabio lembra de seu tio Aurélio, que trabalha dirigindo caminhões. Ana diz que ele se parece com seu pai, então a mulher deve tê-lo confundido com seu pai.

— Minha mãe tem razão, o senhor se parece com Aurélio, papai, está vendo? Até essa senhora se confundiu — disse Fabio, iniciando uma conversa.

Seu pai ri e, depois de engatar a marcha, coloca uma de suas mãos enormes no peito de Fabio para segurá-lo, aperta a embreagem e, depois, o freio. O ônibus para antes que os passageiros parem, e eles são jogados para a frente. Todas as caixas, maletas, bolsas, fones de ouvido e até a última pitaia, fruta pré-histórica, são jogados para a frente, impulsionados pela velocidade em que estavam indo e paradas pela força com que o ônibus se recusa a continuar. Os corpos dos bogotanos voltam a acomodar-se nas cadeiras.

— Eles me confundem o tempo todo, você não pode imaginar.

— Papai, por que o senhor não quer que eu passe tempo com Malicia? — Seu pai se incomoda, Fabio sabe, porque quando ele fica incomodado, passa a mão pelo pescoço e penteia a barba ao contrário.

— Não quero que se apegue a ela; é melhor que tenha amigos da sua idade.

— Todos os meus amigos andam de bicicleta e já não posso estar com eles. Então é mais fácil ficar com Malicia.

— Não é possível que você seja a única criança do bairro que não ande de bicicleta. Saia e faça novos amigos; Alicia está velha e cansada e não está preparada para suas brincadeiras. Um dia desses ela se vai e aí o quê?

Roberto volta a colocar a mão no peito de Fabio e freia com força, os passageiros bufam de insatisfação e preocupam-se com a segurança. Fabio também se preocupa.

— Para onde está indo?

O pai de Fabio não responde. Também deixa de pegar os passageiros, deixando os restantes um a um até que o ônibus, (à exceção de 20 frutas pré-históricas que rodam pelo chão como rodas macias) fica vazio. Roberto e seu filho voltam para casa.

— Papai, para onde a Malicia vai?

●

— E para onde eu iria? — responde Alicia com um sorriso, quando Fabio a confronta.

— Não sei, meu pai disse que a senhora vai embora e que eu brinco muito, o que é falso, e que preciso de amigos da minha idade.

— Palavras, Fabio, palavras.

— Não, Malicia, diga-me aonde a senhora vai. Não vá.

— Lembra da história de Alberto, Fabio? Claro que lembra, ele me deu a verdade do polegar. Quer saber o final da história?

— Só se isso significar que a senhora não vai embora.

— Na minha casa não se mente, Fabio... vou contar-lhe de qualquer jeito. — Alicia levanta o polegar da sua mão direita e olha para ele com atenção. — Alberto era rechonchudo, tinha uma barriga linda e robusta, que um dia começou a doer. Imagino que a dor devia ser proporcional ao seu tamanho, porque ele não parava de gritar, foi ao hospital e lhe deram uns comprimidos, mas eram muito pequenos e, assim, a dor não parou. Então ele voltou ao hospital e lhe deram mais comprimidos, diferentes, grandes, que também não ajudaram. Logo, deixou de me trazer coisas para a nossa viagem ao mar. A dor não o deixava se mexer.

— Os médicos não ajudavam?

— Eles não sabiam como, Fabio. — Alicia sentou-se no sofá em frente a Fabio. Poucas foram as vezes que ele a viu sentada, Alicia está sempre mudando as coisas da casa de lugar.

Logo Alberto parou de mentir, ou de me enganar, ou de enganar-se, não sei mais a diferença. Parou de me dizer que iríamos viver no mar, depois parou de falar e, por fim, parou de comer. Estava muito doente, os médicos diziam que ia durar só mais 2 meses, mas morreu 2 semanas depois. Morreu acordado e sem querer chamar ninguém, coberto de vergonha por estar morrendo. É por isso que todos pensam que ele me deixou e foi para o mar, porque não quis contar nada a ninguém.

Fabio sente dor nas mãos de angústia e Alicia treme, talvez de frio.

— Agora, filho, o que sim é verdade é que você precisa voltar aos seus amigos, aos seus outros amigos. O fato de eu me contentar em ouvir o barulho da cidade para saber que ela está lá fora não significa que não haja nada lá. Ande, vá.

Depois você me conta quantas barbaridades as pessoas dizem nas ruas. Até mais.

Enquanto falava, Alicia guiava Fabio até a saída e, agora, ele está de frente para a porta de sua vizinha, imóvel, sem entender nada. Nesse momento, a única coisa que pode fazer para evitar que ela vá embora é agradá-la, então Fabio decide ir à rua para caçar mentiras e contá-las a Alicia. É fácil fazer as pessoas mentirem. É só colocá-las para falar. E tem alguém com quem Fabio quer falar desde o dia em que se esqueceu.

A quitanda fica do outro lado do parque, uma das poucas casas que é completamente banhada pelo sol. Fabio atravessa o gramado rapidamente, com medo de que uma das crianças do bando o veja e pergunte onde ele esteve. Faz muito tempo que não vê seus amigos; eles têm ido à sua casa para buscá-lo, mas Ana lhes diz que ele não quer sair. Fabio também não quer que o vejam andando, nem que lembrem dele caído, sangrando e cheio de barro. Às vezes, inclusive, prefere que o esqueçam totalmente.

A quitanda parece uma selva escura que o quitandeiro montou na garagem de casa. Ele colocou sacos pretos no teto para que a escuridão não permita que as frutas sintam a passagem do tempo e estraguem. Fabio entende o que as frutas devem sentir, o mesmo que ele sente quando se esconde debaixo da cama, nada.

Faz muitíssimo sol e os olhos de Fabio se esforçam para se acostumar com a mudança de luz na loja. Fazia um sol parecido com o dia em que ele se esqueceu.

— Oláaaaa? — grita Fabio, procurando por Marina.

Ela está no fundo do quarto e não está mais usando o cachecol, mas Fabio a reconhece. Ele não lembra do que gostaria de lembrar, mas lembra-se do reflexo nas poças d'água, dos olhos brilhantes de Marina, de sua voz que apareceu de surpresa, *eu gostava das fitas no guidão*, de sua bicicleta. A bicicleta de Marina, não de Fabio, sempre de Marina. Talvez tenha sido por isso que Fabio se esqueceu, por isso já não podia usá-la. Sua mãe trocou a bicicleta salmão por 8 sacos de *roscones* e Marina não voltou a andar nela, até o dia em que ele esqueceu.

— O que você quer? — responde Marina, outra vez com sua voz que ninguém espera.

Fabio não sabe o que dizer, apenas sente que quer contar todas as coisas que aconteceram em sua vida, mas não se lembra de nenhuma. Fica em silêncio, olhando para ela.

— Você é o menino que tirou a minha bicicleta — ela volta a dizer, impaciente.

— Não tirei nada de ninguém. Essa bicicleta foi minha mãe que me deu, eu não sabia — responde Fabio bem rápido, sem parar para respirar.

— Tanto faz, eu já não conseguia mais.

— Você também esqueceu?

— Não, mas não posso sair porque me faz mal.

— Claro que pode, eu vi você andar na minha... na bicicleta — Fabio se corrige ao ver que essa verdade também não era sua. Fabio tinha 10 dedos e muito poucas verdades.

Marina anda até a beira da loja, uma linha fina separando a luz do sol que incide sobre o asfalto e a sombra criada pelos sacos de lixo desajeitadamente colocados no teto da quitanda, supostamente para proteger as frutas. Como uma prisioneira a ponto de saltar da amurada de um barco, Marina dá um passo e deixa que o sol inclemente de Bogotá lhe toque o rosto, os braços, as mãos. E logo uma mancha vermelha começa a brotar da sua pele, desde a borda do cabelo, fazendo curvas até o canto esquerdo de seus lábios. Outra mancha mais escura começa a brotar de seu pescoço, e algumas manchas pequenas brotam debaixo de suas orelhas. As partes que resistem ao vermelho brilham como ilhas de marfim no mar carmesim. Marina coça os braços, também cheios de manchas.

— Um mapa — sussurra Fabio.

— Hein? — diz Marina, voltando à escuridão da loja — Não é um mapa, é alergia.

— É um mapa, veja — Fabio tira do bolso o mapa de Darío, dobrado 8 vezes. — Esta é a terra, está vendo? — Fabio mostra a França — E este é o mar — Fabio mostra o Atlântico.

Agora leva um dedo ao rosto de Marina, ela abre os olhos e fica tensa.

— Esta é a terra — diz, apontando uma das manchas vermelhas, que começa a empalidecer — e este é o mar.

Fabio pousa o dedo indicador sobre o nariz de Marina, que fica úmido com uma gota de suor. O mar existe sim, é de verdade, a certeza de seu dedo indicador.

Marina corre para o fundo da loja, um pouco assustada, recupera a postura e pergunta:

— O que você quer?

— O que você faz todos os dias, se lhe dá alergia sair? — pergunta Fabio, ignorando o chamado de Marina para continuar a relação como cliente e vendedor. Marina sorri, pega 3 pitaias com as duas mãos. Fabio sente o aroma da fruta pré-histórica. Alicia diria que a pré-história não existe porque o que veio antes da história não pode ser contado, mas Fabio não está disposto a esses joguinhos hoje. A pitaia é amarela e tem um cheiro doce, ela existe, pré-histórica ou não. Com as duas mãos, Marina joga as pitaias para o alto, pega uma e lança a outra, são 3 frutas pré-históricas e ela só tem duas mãos, mas as faz voar com destreza. Fabio ri. Nunca viu ninguém se mover daquela maneira.

●

Ao chegar à sua casa, Fabio desliza para debaixo da cama, pois precisa pensar. Fabio acostumou-se a pensar embaixo da cama, pensa melhor assim e, como as frutas, deixa de sentir a passagem do tempo. Roberto se preocupa muito cada vez que vê seu filho debaixo da cama, sempre faz uma cara de confusão e pena. Fabio não sabe por quê.

Naquela noite, ao chegar do trabalho, Roberto se deita no chão, ao lado de Fabio, não debaixo da cama (porque Roberto não cabe em um lugar tão pequeno) mas sim ao seu lado, ao lado de Fabio, ao lado da cama.

— Fabio… o que está acontecendo? Você está com medo?

Fabio fica envergonhado, não quer que seu pai, o maior e mais valente homem que ele conhece, saiba que seu único filho se esconde do mundo.

— Já vai passar — responde Fabio, ainda olhando para as tábuas que sustentam o colchão sobre o qual dorme.

— Não acredito nisso, Fabio, isso não passa. — Fabio não entende. O que seu pai poderia saber sobre o medo, se ele nunca ficou quieto? Ele se vira e vê, de baixo da cama, como Roberto olha para cima, seu pai olha algo que ele não consegue ver.

— Essas coisas não passam. Você tem que carregá-las e seguir em frente, ou acaba não se movendo mais... Quando eu tinha a sua idade, Fabio — Roberto começa a contar —, morava muito longe desta cidade e passava o dia inteiro pulando pedras. Pedras enormes, do tamanho das guaritas dos zeladores. Pulava de pedra em pedra sobre um rio que ficava perto da minha casa. As pedras ficavam muito distantes umas das outras, distantes mesmo, Fabio, mas assim mesmo eu as saltava sem cair. Hoje, não faço isso por nada no mundo, Fabio, não quero nem tentar... porque sei que posso cair. É algo que não farei mais, que não lembro como fazer, nem por que fazia. Apenas sei que já não posso, que me dá medo. Mas também não é o caso de ficar me escondendo. As pedras não se importam se eu não pular mais.

Fabio se esconde do mundo porque o mundo é mentiroso, ele teme a cidade e prefere ficar quieto, embaixo da cama. Não quer se mover pelo mundo de forma desajeitada. Fabio não entende seu pai, olha com falta de ar para o estrado que sustenta o colchão na cama, enquanto Roberto contempla algo lá fora. Tem alguma coisa lá fora que, por estar debaixo da cama, Fabio não consegue ver.

Mas para quê sair? Ele já sabe como é o mundo lá fora. Está cheio de pessoas que dão ventiladores para as suas esposas quando elas têm frio; de pessoas que passam a vida inteira traçando linhas em mapas; de pessoas que não podem sair para brincar por medo do sol; de pessoas que deixaram de pular de pedra em pedra faz muitos anos, como se fossem invencíveis. Lá fora nem sempre é melhor.

Mas talvez haja mais ar.

●

Fabio sonha.

Sonha que se agarra à casca de uma árvore altíssima, infinita. Não tem raiz nem copa; apenas um tronco enorme que atravessa tudo. Uma fila de 10 homens sobe na árvore à sua frente, agarrando-se nos galhos e movendo-se com rapidez, como se fossem escadas. Fabio sonha com eles, tenta subir atrás, mas apenas abraça o corpo contra a casca da árvore. São soldados. Eles se movem rapidamente como mosquitos de pernas longas e vestem-se com as cores da casca. Quando Fabio tenta subir usando os galhos, a madeira se rompe, não suportando o seu peso. É um sonho e já sabemos como vai terminar, com Fabio caindo.

você diz que vai para baixo

Ato contínuo, a madeira da árvore transforma-se em um barco que navega um rio, uma canoa extensa, infinita. Sem proa nem popa, apenas uma superfície abundante e prolongada que atravessa a água. No litoral estão as casas dos seus vizinhos, Fabio reconhece o seu canto da cidade, mas em vez de ruas, corre a água. Fabio ainda sonha que pode cair e se agarra à madeira da embarcação como se sua vida dependesse dela.

mas todos veem você subir

você diz que vai para baixo

O rio é largo e furioso, os soldados à sua frente agora navegam como se o barco nunca tivesse sido uma árvore. Com o olhar em um horizonte que Fabio não vê, que não consegue sonhar. Para mover a embarcação, os 10 soldados sopram, com todas as suas forças, na direção contrária à correnteza do rio. São o batalhão do vento e, a mando do imperador Julián, procuram um velho chamado Atanásio, com a ordem de matá-lo.

descerei o rio e chegarei mais rápido

mas todos veem você subir

você diz que vai para baixo

Rio acima, uma embarcação com 2 homens desce o rio e Fabio reconhece um deles, calvo, barrigudo e muito parecido a um polegar. É Alberto, o marido de Alicia. Fabio nunca o viu, mas esse é o seu sonho e ele sabe quem é. Sobre a cabeça de Alberto repousa um aquário redondo, aberto na parte superior. Alberto é um peixe morrendo de sede, que não respira. O outro homem é mais velho, tem uma capa vermelha e uma barba suja que chega ao chão da embarcação, a pele brilhando como plástico.

alguns ouvem você dizer
descerei o rio, chegarei mais rápido
mas todos veem você subir
você diz que vai para baixo

Os 10 soldados param de soprar, levantam em sincronia a mão direita para pedir que a outra embarcação pare. Falam em uníssono, como se tivessem a mesma mente. *Vocês viram um homem chamado Atanásio navegando por este rio?* Alberto não responde, não respira, é um peixe sem água, morre de sede. O velho contempla o rio, sua pele brilhando com o reflexo da água, e responde: *sim, eu o vi na água.*

para o mar vai o meu corpo cansado
alguns ouvem você dizer
descerei o rio, chegarei mais rápido
mas todos veem você subir
você diz que vai para baixo

Os homens murmuram entre si, emocionados, exclamando em coro. *Está perto?* O velho pensa e logo responde:

sim, continuem navegado rio acima e o encontrarão. Os soldados continuam remando coordenadamente, Fabio continua agarrando-se à canoa como se ela fosse uma árvore da qual pudesse cair, mas ao cruzar a embarcação de Alberto reconhece a barba do velho que o acompanha, feita de fiapos, um milhão deles que Alicia teceu com os mosquiteiros de sua casa. É Santo Atanásio, o homem que estão procurando

ninguém acredita que possa cumprir
ao mar vai meu corpo cansado
alguns ouvem você dizer
descerei o rio e chegarei mais rápido
mas todos veem você subir
você diz que vai para baixo

Fabio sonha que avisa aos soldados, *esse homem é Atanásio, o homem da embarcação que acabamos de cruzar é aquele que vocês procuram.* Os 10 se viram em sua direção, como se só agora percebessem a sua presença. *O velho mentiu?* Dizem, em coro. Fabio pensa. Não, sonha, não, não mentiu, não completamente, não com suas palavras. Os soldados seguem remando contra a corrente, através do rio esmeralda. Alberto e Santo Atanásio fogem rio abaixo e logo chegarão ao cemitério.

você diz que vai para baixo
ninguém acredita que possa cumprir

ao mar vai meu corpo cansado
alguns ouvem você dizer
descerei o rio e chegarei mais rápido
mas todos o veem subir
você diz que vai para baixo

Fabio insiste. *Esse homem é Atanásio, vocês o estão perdendo.* Os soldados observam Fabio de novo e com o olhar lhe tiram a voz, uma bola cresce em sua garganta e lhe impede de falar, um tufo de fiapos da barba do santo. *Não se esqueça,* exclama em coro o batalhão do vento, *não se esqueça do que é importante.* Fabio larga a embarcação de madeira que um dia foi árvore e cai.

Fabio acorda.

●

— MALICIA, ABRA, NÃO SOU SEU FILHO — grita Fabio diante da porta da sua vizinha.

— É você, Fabio. — Alicia abre a porta lentamente, sorrindo.

— A senhora não vai acreditar no que encontrei.

— Que mentira você me trouxe? O que falaram para você agora? — diz Alicia, começando a formar um novo tufo com os fiapos do mosquiteiro que cobre a biblioteca.

— O mar, Alicia, mas é de verdade. Encontrei um mapa que molha os meus dedos. Agora vai acreditar que o mar existe?

Alicia se afasta do mosquiteiro e olha para Fabio. Assim, sem se mexer, parecem quase da mesma altura. A boca da idosa segue sorrindo, mas hoje ela tem o olhar mais triste de Bogotá.

— Palavras, Fabio.

— Não são palavras — interrompe Fabio —, também encontrei uma fruta amarela que parece um ovo de dinossauro. Se existem ovos de dinossauro, talvez os dinossauros tenham existido. Marina diz que em seu interior há sementes ácidas que...

— Marina?

— A filha do homem das frutas, sim, ela era a dona da minha bicicleta, mas não pode andar porque o sol a transforma num mapa e isso dói e a faz coçar. Já lhe pedi para fazer isso novamente, para que a senhora veja. Venha, Alicia, vamos que vou apresentá-la.

— Não posso, filho, estou muito cansada — Alicia senta-se no sofá.

— Não seja preguiçosa, Alicia. Ande, tenho certeza de que isso lhe fará bem. São apenas 2 quarteirões.

Fabio olha para Alicia, diminuída e diminuta, agora observando, quase com saudade, a mesa sobre a qual repousa a figura plástica de Santo Atanásio.

— Pensei que você ia trazer uma mentira para mim, Fabio.

— Para colocar um fiapo no santo? — Alicia olha para Fabio e sorri, quase sem energias para responder.

Fabio aproxima-se de Alicia e, com a mão direita, pega na mesa a figura de Santo Atanásio, deslizando-o do topo do mosquiteiro para baixo, lembrando-se do sonho.

— Alicia, tem alguma coisa que a senhora não está me contando. — A idosa abre os olhos de bola de gude e fica em silêncio — Se o mar não existe... onde vão parar os rios?

Alicia o olha calada.

— Por que, melhor, você não me traz uma dessas frutas amarelas para ver se acredito na sua história dos dinossauros? Depois podemos discutir sobre os rios.

Com o mar em mente, Fabio corre para casa. Depois irá até a casa de Marina e logo irão, juntos, mostrar a Alicia as pitaias pré-históricas, mostrar o sol que cria os mapas de alergia na pele de Marina, que se parecem tanto com a ideia que Fabio tem de um mar que, na verdade, nunca viu. Alicia, sozinha em sua casa, fecha os olhos e ouve o ruído da cidade. Sempre igual, a respiração do monstro.

●

Na porta da garagem onde fica a quitanda, Marina aguarda Fabio fazendo malabarismo com 3 limões médios. Fabio trouxe, ao seu lado, a bicicleta salmão que já não sabe se é sua ou dela, mas que, em todo caso, esqueceu-se de como montar. As represas dos olhos de Marina tornam a brilhar ao ver a bicicleta; aproxima-se ainda com os limões nas mãos. Ele, que não sabe se pode se mover-se ou não, decide falar.

— Vim comprar uma pitaia.

— Ah — diz Marina — fique aqui, vou perguntar.

Fabio observa as frutas, uma a uma, procurando nelas a prova da pré-história. Laranjas, maçãs, maracujás, tomates. O de sempre, bananas, tangerinas, mangas. Nem agressivas, nem lendárias, de nenhuma delas sairia um dinossauro. Onde estavam as pitaias?

— Chegam amanhã — diz Marina, voltando para a parte de trás da loja, onde Fabio acredita que ela mora.

— Mas eu preciso mostrar a Alicia que existem ovos de dinossauros, preciso mostrar hoje. — Fabio não pode esperar, sente que Alicia acredita há muito tempo que o mar não existe, que Alberto a enganou. Alicia não pode esperar.

Marina encolhe os ombros, imóvel, mas ainda com os 3 limões em suas mãos, agora com os olhos de represa mirando concentrados sua antiga bicicleta. Um dos limões cai e chega lentamente aos pés de Fabio, fruta girando no chão como uma roda macia.

— Já sei onde há pitaias. Mas precisaremos da ajuda do bando.

•

Marina trouxe de sua casa 8 fitas roxas e 2 tubos redondos. Prendeu com cuidado as fitas no guidão e sorriu com prazer. Encaixou os tubos nos 2 parafusos salientes da roda traseira da bicicleta, aqueles que Fabio sempre pensou serem inúteis. Marina colocou o capuz de sua jaqueta e cobriu o rosto com um enorme pedaço de pano. Acomodou-se no selim e disse a Fabio para ficar de pé sobre os 2 tubos que saem da roda traseira.

— Segure-se e não me solte senão você cai.

— Mesmo que eu a soltar, não a soltarei — responde Fabio, sorrindo, sem saber bem por quê.

Marina empurra o asfalto com o pé direito e começa a pedalar. As fitas do guidão dançam com frenesi, o pavimento anda rápido debaixo da bicicleta. Fabio sente o ar de Bogotá atingindo suas bochechas. Solta os ombros de Marina, levanta os braços, sente o vento, fecha os olhos. Já não tem que saber aonde vai. Fabio fecha os olhos e já não é poeira que o atravessa. Fecha os olhos, sente o frio nas mãos, nos lábios, nas pálpebras. Fecha os olhos e sente o céu, o sol, a fuligem. Fabio fecha os olhos e olha para dentro de si.

Sobre o chão poeirento de Bogotá, começam a rodar os pneus do bando, voltando a perseguir a bicicleta salmão como se nunca tivessem parado de fazê-lo. Pablo, Carmen, Alex, Guadalupe e Fran pedalam em manada, celebrando o retorno de seu líder. Fabio e Marina correm as ruas da cidade monstro. Juntos, conseguem fazer todo tipo de pirueta, sem medo de nada. A bicicleta salmão pode ser qualquer animal, um dos cavalos de Gengis Khan, um tigre-de-bengala, o último dinossauro que sobreviveu à extinção. Dinossauro que agora vaga pelas ruas frias de Bogotá rumo ao antigo cemitério, para pegar a fruta pré-histórica que prova a sua existência.

Eles sobem e descem, seguindo a curvatura da colina em que o bairro se encontra, lançam-se colina abaixo, uivam, tocam o chão com as mãos, gritam, comemoram. O bando de crianças recuperou seu líder, que nunca foi Fabio, sempre foi a bicicleta.

Depois de se entregarem à descida, com os braços abertos e os olhos fechados, as bicicletas chegam ao antigo cemitério, local de descanso das máquinas que precisam parar em algum lugar quando não estão em movimento. Há mais ônibus do que Fabio consegue contar, todos pintados de branco, todos resistindo à mudança com uma triste placa azul marcando sua condenação.

O cemitério também é provisional.

As bicicletas do bando parecem pequenas perto dos monstros de metal, mas nenhum deles tem medo. Estão juntos e é isso o que importa, é mais do que eles tinham ontem. Fabio, por sua vez, tem muito poucas certezas, tão poucas que ele pode contá-las com os dedos de uma única mão. No entanto, a única que lhe falta no momento é a do dedo mindinho, uma verdade simples, mas infalível: Roberto não gosta de limpar o ônibus. Em algum canto do estacionamento descansa a enorme máquina provisional do pai de Fabio, com 10 frutas pré-históricas ainda rolando no chão.

— Dentro de um desses ônibus está o ovo amarelo de dinossauro — grita Fabio ao bando, lembrando da autoridade do batalhão do vento —, precisamos encontrá-lo.

Contra todos os prognósticos e pela primeira vez desde que Fabio tem e não tem memória; os pés das crianças do bando toca o solo. Pablo pega um pedaço de sucata, um para-choque velho de um ônibus antigo e o usa como alavanca para abrir as portas das máquinas. Guadalupe decide subir nos tetos, para obter acesso aos veículos pelas claraboias. Carmen confia em seu olfato e fecha os olhos ao entrar em cada ônibus para detectar melhor o cheiro dos ovos podres. Fran, mais valente do que nunca, engatinha pelo chão dos ônibus e enfia as mãos entre as costuras dos assentos, encontrando moedas, pedaços de bolo e fotos de documentos que os habitantes de Bogotá deixam escondidos, com medo de esquecer.

Alex grita do fundo do estacionamento; encontrou o ônibus de Roberto. Abre a porta dobrável com dificuldade, sobe as escadas e, dentro da cabine do motorista, atrás do pedal de freio, encontra uma pitaia da cor do sol, morrendo.

Caminhando sobre suas duas pernas e com uma fruta entre as mãos, Alex aproxima-se orgulhoso do amigo que achou que havia perdido. Fabio também anda até ele e o abraça; Alex teme voltar a perdê-lo.

Com o ritmo da respiração do monstro, o bando sobe a colina, indo do antigo cemitério até a casa de Alicia. Fabio tem a fruta entre as mãos e Marina fica em pé sobre os pedais para impulsionar e suportar o peso da pré-história. O bando chega à casa de Alicia e parece que todos os vizinhos chegaram antes. Os habitantes do bairro enchem a rua, vindo para presenciar a comprovação da pré-história, pensa Fabio, a prova de que o mar existe.

— Fabio, onde por você andava, eu estava te procurando. — Ana tem uma nova voz, não a voz de sua mãe. Fabio não lembrava dela assim.

— Já vou, mãe, tenho que mostrar esta pitaia para a Alicia — Fabio desce da bicicleta sem esforço algum, correndo para a multidão, ainda segurando a fruta nas mãos, abrindo caminho entre as pessoas, até que as mãos robustas de seu pai o seguram pelos ombros.

— Você não pode visitar Alicia, Fabio. — Seu pai já sabia, já haviam lhe contado, ele contou e Fabio não acreditou.

Fabio se volta. Ana está chorando. O bando olha de longe, cada um com a bicicleta nas mãos, os pés no chão. Um nó começa a se formar na garganta de Fabio, um nó de tufo, parecido com um fiapo, que poderia muito bem fazer parte do altar de um santo. Fabio não reconhece a sua mãe, que se chama Ana e não chora, que faz pão e não chora, que canta *bachatas* e não chora. Fabio nunca a viu chorar antes.

— Por quê? Por que não posso ver Alicia?

— Ela se foi, Fabio, já não está. — responde sua mãe, outra vez com aquela voz. Fabio não acredita, não acredita na voz chorosa. Esgueira-se por entre as pernas dos vizinhos e consegue entrar na casa de Alicia, ainda com a pitaia nas mãos. Os móveis estão no mesmo lugar em que estavam da última vez que Fabio a viu. A poeira voa lentamente pela casa, como se o ar pudesse sustentá-la. Santo Atanásio repousa imóvel na mesa do meio, em um mar de tufos que já não vai mais crescer. Nada mudou de lugar e nada tem razão de ser, nenhum mosquiteiro, nenhum leque, nenhum ventilador faz sentido. Os tufos pairam imóveis no ar, esperando que alguém os pegue.

Fabio sai da casa de Alicia, grita para a sua mãe e começa a atravessar a multidão de corpos que repetem baixinho, *Mamalicia,* chorando; *a mamãe*, dizem. Não deixam que Fabio se mova. *Ela se foi, nossa mamãe se foi.*

— Mas ela estava me esperando, ela não ia se mexer. Para onde foi?

Ana hesita, ajoelha-se diante de Fabio e o olha nos olhos, volta a hesitar.

— Ao mar... Alicia foi para o mar com seu marido.

— Palavras — diz Fabio, tão baixo que não sabe se o disse ou se só pensou. A pitaia podre roda uma vez mais pelo chão. Dela nunca sairá um dinossauro.

As bicicletas do bando estão deitadas no asfalto. Marina largou a bicicleta salmão em um canto e parece entender, talvez melhor que Fabio, o que está acontecendo. No seu rosto nascem mapas de alergia traçados pelo sol. A represa de água rompe-se e dela nascem rios, que também são a prova do mar. Todos choram, a rua se transforma num carnaval de água salgada. Se Alicia nunca foi ao mar, o mar foi até ela, apenas para descobrir que ela se foi.

Fabio precisa se mover, rápido e sem esforço. Pega a bicicleta que já não é de ninguém, coloca um pé no chão e o outro no pedal, Fabio não pensa em recordar, Fabio não pensa. Empurra o chão e toma impulso, pedala, o guidão sacode, a roda dianteira se movimenta como se quisesse sair rodando fora da bicicleta. Circunda o parque, passa pela quitanda, chega a ver as portas abertas e abandonadas de uma das casas onde já entregou pão, estão vazias. Desce a colina em direção ao antigo cemitério e, no final do bairro, Fabio segue pedalando. Outra rua em frente, de novo a cidade. Sobe e desce as colinas de ruas estreitas e em seguida largas, quer chegar ao final. Quer que acabe. Atravessa pedra e pavimento e continua pedalando. Bogotá cresce sem paciência e Fabio, diminuto, já não ouve o barulho dos vizinhos, só existe o rumor da bicicleta, só existe a respiração do monstro que o devora, rua após rua, após rua, em uma cidade que não acaba de ser construída, que não acaba.

Lá vai o Fabio da bicicleta, o Fabio veloz, o Fabio, já vai?

Fabio já

foi...

Não se esqueça

ISBN: 978-65-5568-207-6

Impresso no Brasil – 1ª Edição, 2024 – Edição revisada conforme o Acordo Ortográfico da Língua Portuguesa de 2009.

Dados Internacionais de Catalogação na Publicação (CIP)
(Câmara Brasileira do Livro, SP, Brasil)

Algorta, Alejandra
Não se esqueça / Alejandra Algorta. -- Rio de Janeiro : Tordesilhas, 2024.

ISBN 978-65-5568-207-6

1. Ficção colombiana I. Título.

24-197658 CDD-co863

Índices para catálogo sistemático:

1. Ficção : Literatura colombiana co863

Tábata Alves da Silva - Bibliotecária - CRB-8/9253

Produção Editorial: Grupo Editorial Alta Books
Diretor Editorial: Anderson Vieira
Editor da obra: Rodrigo de Faria e Silva
Vendas Governamentais: Cristiane Mutüs
Gerência Comercial: Claudio Lima
Gerência Marketing: Andréa Guatiello

Produtora Editorial: Caroline David
Tradução: João Guterres
Copidesque: Evelyn Diniz
Revisão: Carol Colffield
Diagramação: Cesar Godoy

ALTA BOOKS
GRUPO EDITORIAL

Rua Viúva Cláudio, 291 – Bairro Industrial do Jacaré
CEP: 20.970-031 – Rio de Janeiro (RJ)
Tels.: (21) 3278-8069 / 3278-8419
www.altabooks.com.br – altabooks@altabooks.com.br
Ouvidoria: ouvidoria@altabooks.com.br

Editora **afiliada à:**

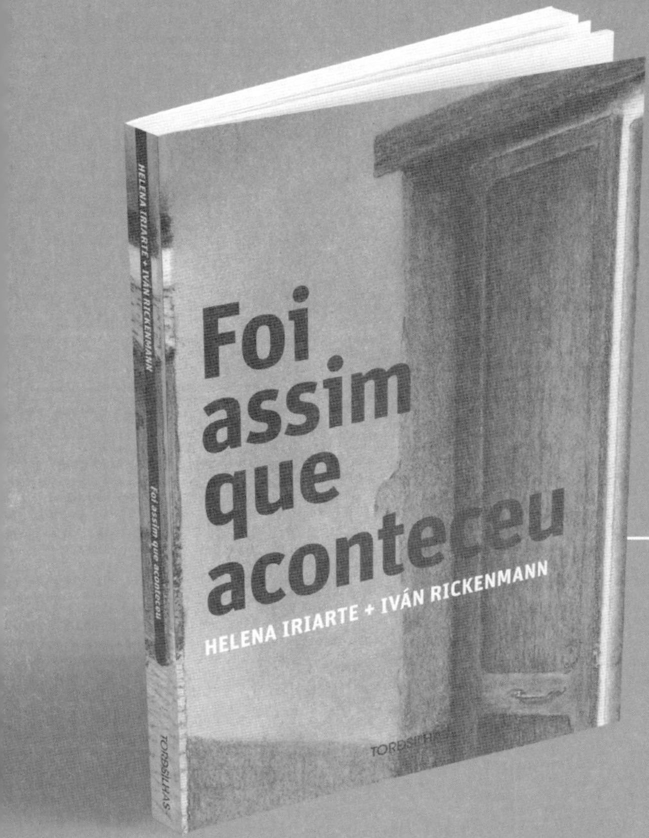

CONHEÇA TAMBÉM:

Neste romance, a protagonista assiste a uma representação teatral de sua infância, dos acontecimentos que marcaram sua vida e que acabaram com a harmonia familiar.